LA
PROPAGANDE CHRÉTIENNE

ET SES

ADVERSAIRES MUSULMANS

CONFÉRENCE

Faite à Genève et à Nîmes

PAR

M. Edouard MONTET

PROFESSEUR A L'UNIVERSITÉ DE GENÈVE

PARIS

IMPRIMERIE NOUVELLE (ASSOCIATION OUVRIÈRE)

11, RUE CADET, 11

1890

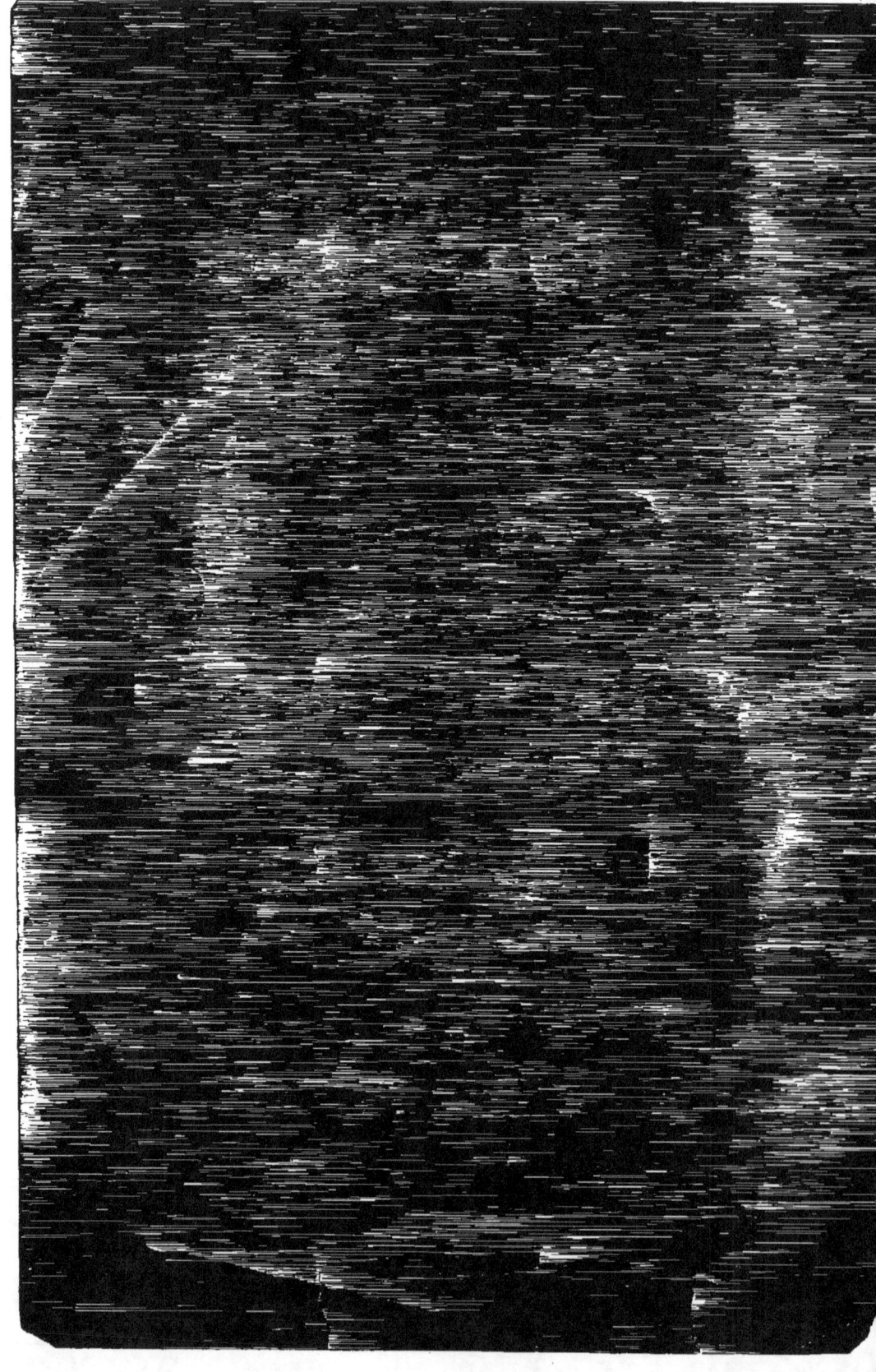

LA

PROPAGANDE CHRÉTIENNE

ET SES

ADVERSAIRES MUSULMANS

CONFÉRENCE

Faite à Genève et à Nîmes

PAR

M. Édouard MONTET

Professeur à l'Université de Genève.

A qui l'hégémonie du monde religieux est-elle destinée à appartenir ?

Des principales formes que revêt l'idée religieuse, dans ses développements les plus élevés, laquelle l'emportera dans l'avenir sur ses rivales et s'adaptera le mieux aux besoins multiples de la conscience humaine ? Est-ce au christianisme, est-ce à ses plus redoutables concurrents que la victoire est réservée ? Ce problème si grave, que nous n'hésitons pas à résoudre, comme croyants, en faveur de notre foi, est celui qui s'impose, malgré nous, à notre examen, lorsque nous avançons dans la connaissance de l'état religieux des sociétés contemporaines.

Ce n'est point ce problème, dont l'avenir seul pourra donner la solution qui sera l'objet de nos investigations ; celui que nous nous proposons d'aborder ici, parce que seul il nous paraît être susceptible d'une étude pratique, lui est en réalité connexe : dans quels rapports se trouvent à l'heure actuelle les trois religions que nous considérons, par leur valeur intrinsèque et le nombre de leurs adhérents, comme directrices suprêmes du monde moral? Ou, pour restreindre la question, afin de la traiter d'une façon moins superficielle, de quelles forces disposent, en face du christianisme et de ses missions, la propagande islamique et la propagande bouddhique, et en quelle mesure la position de l'Église est-elle menacée par elles? — Voilà notre sujet nettement défini et précisé; nous nous efforcerons de le développer avec impartialité, en usant à l'égard des religions qui ne sont point la nôtre, d'une exactitude aussi respectueuse et d'une justice aussi stricte que l'exige la recherche de la vérité religieuse.

⁎

Il n'est personne dans cette assemblée, je pense, qui ne s'intéresse à la propagande chrétienne: l'œuvre missionnaire, sous quelque critique que puissent tomber les missions, est digne, en effet, de notre plus grande sympathie et de nos encouragements les plus chauds. Une religion, qui n'est point animée de l'esprit missionnaire, est fatalement condamnée à l'appauvrissement spirituel et à la décrépitude: ses jours sont comptés, ce n'est qu'une question de temps, c'est-à-dire, pour les plus robustes d'entre elles, une question de siècles à vivre. Convaincus que nous sommes de la haute valeur de notre religion, nous devons lui assurer tous les gains, toutes les sources de développement, racheter par les succès au dehors les insuccès qu'elle essuie au dedans; or, j'estime qu'elle gagne singulièrement à entrer en contact avec des civilisations différentes de celle qu'elle a créée et des religions qui professent d'autres dogmes que les siens ou qui présentent autrement les mêmes dogmes qu'elle enseigne. C'est un point sur lequel nous aurons l'occasion de revenir plus loin.

Au début de cette étude, il nous importe de constater, d'une part, la vie que possèdent l'Église ou les Églises

chrétiennes dans les continents qui sont leur apanage;
d'autre part, l'activité qu'elles déploient en dehors de ce
domaine. Nous n'insisterons pas sur la première de ces
constatations : le christianisme, malgré ses adversaires,
fait preuve, en Europe et en Amérique, d'une remarquable vitalité, montrant jusqu'à l'évidence quelle force
réside dans les principes de l'Évangile, et quelle étonnante richesse se révèle dans leur application. On peut
porter des jugements variés sur la religion chrétienne
et les Églises qui en sont issues : personne ne peut con-
tester que toutes deux ne soient une puissance avec laquelle il faut compter.

La constatation, d'aisée qu'elle est lorsqu'il s'agit du
christianisme européen et américain, devient difficile
pour le christianisme propagandiste. Il n'existe pas de
statistique rigoureusement dressée pour les missions
chrétiennes : les renseignements abondent, surabon-
dent même, mais présentent rarement la précision que
l'on cherche. Les rapports des sociétés missionnaires
sont rédigés à des points de vue fort différents; les
uns classent dans la catégorie des convertis ceux que
d'autres hésiteraient à y ranger, et la valeur même des
conversions y est diversement pesée. Tels même ne
reculent point devant de pieuses exagérations, dans le
but d'attirer à leur œuvre de plus grandes faveurs, de
lui assurer de plus fortes subventions.

Mais, même en supposant l'absolue bonne foi des documents placés sous nos yeux, la statistique désirée est à
peu près impossible à dresser, par suite de la multipli-
cité des sociétés missionnaires; ou ce qui revient au
même, les statistiques qui ont été publiées ne peuvent
être considérées que comme très approximatives. Quelque imparfaites qu'elles soient, elles ont l'avantage
de fournir une base aux appréciations que nous voulons formuler; cet avantage est trop précieux pour
que nous hésitions à y recourir. Nous allons donc
présenter quelques chiffres, sans prétendre aucunement
garantir leur stricte exactitude.

Pour ce qui est des missions catholiques, fort anciennes déjà (elles remontent à la fin du treizième siècle), le jésuite Werner, dans l'atlas qu'il en a dressé en 1885 (2ᵉ édition), estime qu'il y a en Asie 3,730,000 catholiques (de toute origine), en Afrique 2,642,000, en Océanie et en Australie 672,000, soit un total de 7,044,000. Cette statistique, ne l'oublions pas, comprend des Églises anciennes, comme celles d'Asie-Mineure et des Églises qui ne sont point, à proprement parler, missionnaires, comme celles d'Algérie et d'Australie. Elle exclut, d'autre part, l'Église des Philippines, qui compte plus de 5,000,000 de fidèles, mais qui n'est plus classée parmi les Églises missionnaires.

La première de ces remarques est fort importante, si nous voulons comparer les résultats des missions catholiques et ceux des missions protestantes ; les statistiques de ces dernières négligent les Eglises d'origine européenne, par exemple celles des grandes cités australiennes. La statistique que nous venons de dresser ne donne donc, comme nous le disions, qu'une idée peu précise des progrès accomplis par l'Eglise catholique dans le champ de l'activité missionnaire.

Quant aux missions protestantes, qui sont d'origine récente (les plus anciennes remontent au dix-septième siècle), le nombre des convertis qui se rattachent aux Eglises établies par leurs soins, varie sensiblement, selon les statistiques. D'après un relevé fait avec soin en 1880, ce nombre s'élevait à 1,600,000 ; d'après un travail analogue, compilé deux ans plus tard, il serait de 2,213,000 ; un recensement qui me semble beaucoup plus exact, et qui a paru il y a peu de jours (il a pour auteur le célèbre historien des missions Grundemann), donne le chiffre de 1,807,000.

Comparé aux efforts dépensés, aux budgets consacrés à cette œuvre, aux vies précieuses sacrifiées, ce résultat paraîtra disproportionné et, tout bien considéré, faible et médiocrement encourageant. Un tel jugement serait mal éclairé s'il se contentait de relever comme une erreur dans la balance du doit et de l'avoir ; il faut tenir très grand compte ici des difficultés que présente l'œuvre missionnaire. Ces difficultés étant données, les résultats, pour n'être pas brillants, n'en sont pas moins satisfaisants. Ils nous permettent de constater, en effet, que le christianisme continue sa marche progressive, au milieu des obstacles qui se dressent de toutes parts contre lui.

Ainsi, pour résumer les observations que nous venons de présenter, la religion chrétienne nous apparaît comme très fortement établie partout où la civilisation moderne est absolument maîtresse du terrain ; ailleurs, sa situation est précaire, mais elle maintient ses positions et accroît le nombre de ses postes avancés.

Peut-être quelques-uns de nos auditeurs nous accusent-ils déjà de montrer sous un jour défavorable la propagande chrétienne, tandis que d'autres sont prêts à nous reprocher l'optimisme timoré dont nous nous serions rendu coupable. Il nous importe peu, dans le travail que nous entreprenons ici, d'être optimiste ou pessimiste : là n'est pas la question. L'important est de faire un tableau exact, sans illusion, sans enthousiasme même, de la propagande chrétienne. Sur le terrain, en face de l'adversaire, le premier devoir est de juger froidement et de soi-même et des autres. Or, c'est au-devant des adversaires du christianisme que nous marchons.

Pouvons-nous, avant d'entrer en campagne, comparer l'etat des forces des adversaires ? Ici encore nous sommes contraints d'avouer que les statistiques ne méritent qu'une très médiocre confiance, parce qu'il est à peu près impossible de les dresser d'après des documents authentiques. Avec quelque défiance qu'on soit en droit de les accueillir, elles ont l'avantage de nous fournir une base provisoire d'appréciation ; nous rectifierons plus tard, s'il y a lieu, les données qui nous en paraîtront décidément fautives. D'après une statistique anglaise de 1879, le christianisme revendiquerait 390,000,000 de fidèles ; l'islamisme, 169,000,000 ; le bouddhisme, le sintauïsme, le taoïsme et le confucianisme ensemble, 502,000,000. Un travail beaucoup plus précis, paru en Allemagne en 1886, trouve : 442,000,000 de chrétiens, 186,000,000 de musulmans, 447,000,000 de boudhistes. Une statistique plus récente encore, faite en Hollande en 1887, propose les chiffres suivants : chrétiens, 432,000,000 ; mahométans, 120,000,000 ; boud-dhistes, 503,000,000. Nous consulterions d'autres statis-tiques, que d'autres sommes y seraient assignées aux trois religions que nous mettons en parallèle. Le seul fait certain qui résulte de cette comparaison superfi-cielle, c'est l'inégalité des forces en présence ; le boud-dhisme, jusqu'à plus ample examen, parait venir en premier, et l'islamisme est singulièrement distancé par le christianisme.

***

Bien qu'au dernier rang, l'islamisme est certainement le plus redoutable des deux adversaires que le christia-nisme rencontre à ses côtés. Cette affirmation nous montre déjà qu'on ne saurait tirer de conclusions cer-taines d'une simple statistique.

Comment, d'ailleurs, dresser celle de l'islamisme ? Les documents officiels et authentiques ne sont qu'en très petit nombre ; pour la plupart des pays, il faut se con-tenter de recensements approximatifs, ou d'évaluations personnelles qui varient étrangement selon la nationa-lité, la religion, l'opinion politique orientale du voya-geur ou du résident. Dans un travail, que nous avons publié en 1885, après un pointage aussi rigoureux que le permettait l'état des chiffres proposés, nous n'esti-mions point outrepasser la vérité en avançant qu'au-jourd'hui le mahométisme compte de 150 à 175 millions d'adhérents ; une plus grande précision nous paraissait impossible. Les études que nous n'avons cessé de faire sur cette religion, depuis cette date, nous ont con-firmé dans la vraisemblance de notre appréciation ; peut-être la somme indiquée par nous est-elle un peu trop faible. Le rapide tableau que nous allons faire passer sous vos yeux des progrès accomplis, de nos jours, par la propagande islamique, justifiera notre affirmation.

L'empire spirituel, fondé par le prophète de Médine,

s'étend actuellement depuis le Maroc jusqu'à la Nouvelle-Guinée, de la côte de Zanzibar à la Sibérie et au nord de l'Europe. Dans l'ancienne Lithuanie, c'est-à-dire dans les provinces russes de Kowno, de Witebsk, de Wilna, etc., se trouvent encore des habitants musulmans, descendants des Tartares, qui s'y sont fixés depuis le quinzième siècle. En Amérique, nous constatons la présence de petits groupes musulmans dans les Antilles et dans la Guyane hollandaise; dans ces régions, l'islamisme est d'importation africaine et chinoise; c'est un résultat de l'immigration des nègres et des coolies.

Si le mahométisme ne compte en Europe qu'un nombre limité de croyants, et si sa situation y est assez précaire, tout autre est le rôle qu'il joue en Asie. Dans ce vaste continent, partout nous le trouvons, et sur une foule de points, très solidement établi, essentiellement conquérant et poursuivant avec une incroyable ténacité et un succès persévérant sa marche en avant.

L'Asie-Mineure, le Kurdistan, la Mésopotamie, l'Irak-Arabi, la Syrie, l'Arabie, la Perse, le Baloutchistan, l'Afghanistan, la Turcomanie, le Khanat de Kiwa, la Boukarie, le Turkestan d'une manière générale, le Turkestan oriental plus spécialement, sont autant de forteresses, places fortes d'ordre et de valeur différents de la religion musulmane. Mais là ne se borne point l'étendue de ses domaines, quelque vastes qu'en soient les limites. Elle s'est propagée et a acquis de magnifiques développements aux Indes et en Chine, où elle ne cesse de progresser. Lorsque nous écrivions l'article que nous rappelions plus haut, la population musulmane des Indes était estimée à 50 millions; une statistique plus exacte et plus récente (elle date de l'an passé) porte ce nombre à 55 millions. La population musulmane de la Chine dépasse à l'heure actuelle 20 millions et l'avenir semble y réserver à l'islamisme des conquêtes bien plus étendues. Des religions monothéistes, l'islamisme est la seule qui puisse s'accommoder de la morale et des mœurs ritualistes de la

Chine ; or, la Chine renoncera-t-elle jamais à ses rites
dont elle vit depuis près de quatre mille ans ? Le jour
où les polythéismes régnants s'effondreront sous la
la décadence dont ils sont atteints, le mahométisme
sera tout désigné pour prendre leur succession. La
conquête la plus récente que l'islamisme ait faite et soit
en train de poursuivre en Asie, est celle du Kafiristan,
au nord-ouest de l'Indus. Dans l'Archipel indien, enfin,
le mahométisme, depuis le treizième siècle, a beaucoup
accru son empire, et les populations musulmanes de
Sumatra, de Java, de Bornéo, de Célèbes, passent pour
être des plus ferventes ; elles fournissent chaque année
un fort contingent pour le pèlerinage de la Mecque, où
elles sont connues sous le nom de Bilad-el-Djâwah.

Si l'Asie, dans plusieurs de ses parties, offre un terrain si propice à la propagande islamique, l'Afrique
semble devoir devenir un jour la proie fatale du mahométisme. Très fortement établi au nord et au nord-est
du continent, depuis le Maroc jusqu'à la Nubie, possé-
dant dans ces régions plusieurs universités très fré-
quentées, pépinières de savants et de disciples convaincus du Coran, en particulier celles de Fez et du Caire,
ayant dans les mêmes pays les maisons-mères de plusieurs congrégations religieuses, en première ligne
celle des Senoussiya, qui se livrent avec une ardeur
étonnante à la mission, l'islamisme, depuis très longtemps a pénétré jusqu'au cœur de l'Afrique, et ne cesse
depuis le dixième siècle d'y propager ses doctrines et
d'y recruter des adhérents.

Cette pénétration du noir continent par le mahométisme est déjà fort ancienne, puisque, avant l'an 1000,
les missionnaires musulmans avaient atteint Tinbouktou, et qu'au treizième siècle nous les trouvons sur
les bords du lac Tchad. De ce point central, l'islamisme
s'est répandu : à l'ouest, depuis le cours du Niger jusqu'à la côte ; sur la côte, depuis la Sénégambie jusqu'au
Dahomey ; à l'est, au Wadaï, au Darfour, au Kordofan,
au Sennaar, sur les confins de l'Abyssinie, dans l'Abyssinie même, chez les Gallas et les Somalis ; au sud,

dans l'Ouganda et la région des grands lacs. Une ligne idéale tracée depuis le golfe de Benin jusqu'à Zanzibar marquait approximativement, il y a quelques années encore, la limite de l'influence et des conquêtes musulmanes en Afrique. Encore, à cette date, de Zanzibar, le mahométisme s'était-il propagé dans le pays de Mozambique, dans les colonies portugaises de la côte, chez les Cafres et même à Madagascar. On peut dire, à l'heure actuelle, qu'il n'est presque pas de points en Afrique où n'aient pénétré d'une manière quelconque les principes de la religion mahométane. Les rapports des missionnaires chrétiens le constatent eux-mêmes par les plaintes qu'ils renferment souvent à l'endroit des propagandistes musulmans.

Le danger, au point de vue chrétien, de la conversion des populations africaines au mahométisme, est d'autant plus grand que les nègres convertis sont d'excellents musulmans. Chaque année, plusieurs milliers de Takrour, ou nègres de l'Afrique occidentale, vont en pèlerinage à la Mecque, et que d'obstacles à surmonter pour accomplir cet effrayant voyage, dans les conditions que l'on sait! En 1876, des pèlerins se rendaient de Bâkel, au Sénégal, à Djerboub, en Tripolitaine, pour y visiter le Mahdi senoussite, faisant un trajet de 4,500 kilomètres, la plupart à chameau, quelques-uns même à pied, à travers les solitudes et les déserts du centre, au prix des plus grandes fatigues, au risque des plus graves dangers, au péril des maladies et de la mort. Un apôtre de la race nègre, nègre lui-même, élevé dans les principes du christianisme, et même docteur en théologie, homme fort instruit, d'un caractère supérieur, ancien ministre plénipotentiaire de la République de Libéria, en Angleterre, Edouard Blyden, porte, dans un ouvrage publié en 1887, et qui a produit une certaine sensation, un jugement que nous n'oserions nous approprier, tant il est favorable aux nègres convertis à l'islamisme : « Les Africains mahométans, dit-il, sont, d'après nos observations, tolérants, d'un abord facile, avides de lumière et de progrès dans tous les domaines », et il ne craint pas de faire la déclaration suivante, qui étonnera plus d'un de nos auditeurs : « Nous sommes fermement convaincu (et cette conviction n'est pas puisée dans les livres, mais résulte de nos voyages en Afrique), que, quoi qu'il arrive dans les autres pays, en Afrique, l'œuvre de l'islamisme est préliminaire et préparatoire ». Ainsi, le chemin du grand continent ne serait ouvert au christianisme que sous l'égide de l'islamisme. Cette appréciation, sur laquelle nous faisons toutes nos réserves, est celle d'un homme qui a appris à connaître l'islamisme en pays musulman, en Égypte et en Syrie, où il a fait l'apprentissage de la langue, des idées et des mœurs arabes. Ce n'est donc pas un jugement porté à la légère. Il serait aisé d'y joindre le témoignage de plusieurs voyageurs et savants contemporains, mais celui de Blyden nous paraît suffire à illustrer ce point de vue.

**

A quelles causes attribuer ces progrès si remarquables et surtout si rapides de la propagande islamique? Ces progrès, en effet, sont indéniables et frappent avant tout par la promptitude avec laquelle ils ont été accomplis dans certaines régions. Les statistiques ne permettent pas d'établir de proportion mathématique entre les convertis au christianisme et les convertis à l'islamisme durant ce siècle, et principalement depuis cinquante ans environ, c'est-à-dire depuis la fondation de l'ordre propagandiste par excellence, celui de Sidi-Mohammed-ben-Ali-es-Senoussi; toute tentative à cet égard reposerait sur l'incertitude et l'arbitraire. Mais que penser de ce rapport, lorsque nous savons, d'une manière positive, qu'au Wadaï, par exemple, le sultan Ali et son successeur, en se convertissant à l'islamisme, ont entraîné dans leur conversion près de trois millions de leurs sujets, travaillés depuis longtemps d'ailleurs et gagnés déjà en partie par les missionnaires musulmans.

Ces causes sont multiples ; il importe, dans l'intérêt même du christianisme, que notre devoir est de défendre, de les connaître exactement.

Elles résident tout d'abord dans le caractère laïque des agents de la propagande musulmane. L'islamisme est une religion sans clergé, dans le sens que nous donnons habituellement à ce mot. Il a ses docteurs, ses professeurs de théologie, ses fonctionnaires attachés aux mosquées, ses moines, ses ordres religieux, ses congrégations pieuses ; mais il a l'avantage de n'avoir pas de prêtre, d'intermédiaire nécessaire entre le fidèle et Dieu, et les fonctions et associations religieuses que nous avons énumérées y ont une signification et une portée toutes différentes de celles qu'elles ont au sein du christianisme. Cette absence de clergé est certainement très favorable à la propagande des croyances musulmanes, quelque paradoxale que puisse paraître cette affirmation.

L'intermédiaire n'existant pas entre le fidèle et Dieu, le fidèle, sur lequel repose la responsabilité entière de son salut personnel, est nécessairement un pratiquant plus sévère, plus exact et plus anxieux des devoirs que sa religion lui impose ; il en connaît beaucoup mieux et les dogmes et les rites ; il en pèse plus mûrement la valeur, et sa conviction, accrue par la pratique extérieure des formes religieuses, en fait, neuf fois sur dix, un propagateur de la foi musulmane. Dans une lettre que le Scheikh-oul-Islam, à Constantinople, adressait, le 16 octobre 1888, à un Allemand qui s'était converti à l'islamisme, ce haut dignitaire, représentant du pouvoir spirituel du Khalifat, chef de l'Ouléma, corps à la fois judiciaire et religieux, écrivait ces mots caractéristiques du mahométisme : « La religion musulmane et la pratique de cette religion peuvent être apprises du premier musulman que vous rencontrez. » Cette sentence est rigoureusement vraie : je souhaiterais qu'on pût en dire autant de tous les chrétiens !

La force que l'islamisme puise dans cette propagande individualiste, qui est comme l'application du principe

protestant du sacerdoce universel, est décuplée par le
concours que lui prête la légion d'ordres religieux ou
plus exactement de confréries qui sont sorties de son
sein. Sidi-Mohammed-ben-Ali-ès-Senoussi énumérait
soixante-quatre ordres ou branches d'ordres qu'il con-
sidérait comme ses appuis dans son œuvre missionnaire et sa politique panislamique. (Le nombre des
ordres religieux de l'islam doit aujourd'hui dépasser la
centaine.) La congrégation qu'il fonda, vers 1837, pour-
suivait et poursuit encore ce double but. En 1884, elle
comptait cent vingt et un couvents ou centres d'action
établis en Tripolitaine, dans le Fezzan, en Algérie, au
Maroc, en Arabie, en Egypte, au Wadaï, dans les oasis
du Sahara et des solitudes du Soudan; grâce à eux,
Sidi-Mohammed et ses successeurs ont groupé près de
trois millions d'adeptes, qui sont en partie de nouvelles
recrues pour l'islam.

L'influence exercée par les Senoussiya est avant tout
hostile à la civilisation moderne, qu'elle vienne des
peuples chrétiens ou des Etats musulmans plus ou
moins gagnés aux idées européennes, comme la Tur-
quie ou l'Égypte; le mahométan senoussite est doublé
d'un fanatique. Le puissant ascendant de cette franc-
maçonnerie musulmane est tel que Burton, avant d'en-
treprendre, en disciple de Mahomet, le pèlerinage de
la Mecque, se fit initier à l'ordre des Kadiriya, qui lui
conféra le diplôme de Mourchid, c'est-à-dire de directeur spirituel. L'Algérie seule comptait naguère plus
de 167,000 affiliés aux diverses congrégations qui rè-
gnent en maîtresses respectées et redoutées dans tout
le nord de l'Afrique, et qui ne cessent d'avancer vers
le centre du continent en semant partout, de l'est à
l'ouest et du nord au sud, la parole révélée, la foi dans
le prophète et la haine, ou tout au moins la défiance,
à l'égard de l'Europe et de la civilisation européenne.
Empressons-nous de le dire, le fanatisme qui anime
les plus remuantes des congrégations de l'islam n'est
absolument pas le caractère de cette religion et de la
civilisation qu'elle a engendrée. Rendons justice à nos

adversaires; la tolérance et la largeur spirituelle ont d'aussi fervents apologistes chez eux que chez nous. Ces qualités, qui devraient être l'apanage de la chrétienté, ne sont même point étrangères à quelques ouvrages de polémique serrée publiés par des mahométans contre la religion chrétienne. Tel est, pour n'en citer qu'un seul exemple, le long ouvrage d'un savant indou, de Delhi, Rahmat Oullah-Efendi, qui vit retiré à la Mecque depuis que les Anglais l'ont chassé des Indes; cet écrit remarquable, qui prend à partie les théologiens anglais, a pour titre la *Manifestation du droit* ; c'est un traité sur l'évidence de la religion musulmane, qui a eu plusieurs éditions dans l'original arabe et qui a même eu l'honneur d'être médiocrement traduit en français.

Les pionniers de la religion musulmane, qu'ils soient ou non membres d'une congrégation, déploient, en général, une habileté et une souplesse étonnantes dans le choix des moyens de propagande; le tact avec lequel ils les exercent n'est pas moins digne d'attirer notre attention. Il est vrai d'ajouter que leur qualité et leur tempérament d'Orientaux les met singulièrement à l'aise dans les milieux où ils pénètrent, milieux dont les idées, les coutumes et la civilisation, pour être autres que les leurs, n'en sont pas moins de même nature et de même caractère, je veux dire orientales.

Ces moyens de propagande sont rarement violents; la persuasion, la prédication, l'instruction catéchétique sont, le plus souvent, les canaux qui apportent aux âmes altérées de vérité religieuse l'eau vive de la foi musulmane. On nous représente parfois l'Afrique comme violentée par les bandes armées qui suivent le vert étendard du Prophète, et les populations comme n'embrassant la religion musulmane que sous la pression du glaive; en réalité, les agents par excellence de la conversion des Africains à l'islamisme sont les écoles et les mosquées. A ces moyens il faut en ajouter beaucoup d'autres, des plus variés : création de villages, d'oasis, secours dans les famines, affranchissement des esclaves, procédé fréquemment appliqué en

Afrique et en Asie, achat d'enfants païens, mariages
contractés avec des païennes (comme en Chine), fonctions officielles et importantes obtenues et remplies,
en pays non musulman, et qui permettent d'exercer
une action morale étendue sur les égaux et les inférieurs, adroits ménagements des coutumes locales et
de certains préjugés nationaux, accommodation aux
rites religieux comme en Chine, où les autorités et les
lettrés paraissent enclins à considérer l'islamisme
comme un amalgame de confucianisme et de boud-
dhisme, etc.

Mais ces moyens, quelque nombreux et quelque
puissants qu'ils soient, seraient insuffisants à expliquer
les succès de la propagande islamique, s'il n'y avait
des causes profondes qui nous rendent compte de la
force expansive, en quelque sorte irrésistible, de l'islamisme dans certains milieux.

Parmi ces causes, il faut rappeler tout d'abord les
progrès incontestables qui sont dus à la propagande
islamique. La civilisation que l'islam introduit et répand
avec les doctrines du Coran, quoique fort différente de
la nôtre, est une civilisation très avancée. Ce n'est pas
seulement dans les pays musulmans que les Européens
connaissent le mieux et visitent fréquemment que les
mœurs sont très policées; ce n'est pas seulement la
Perse qui jouit d'une réputation méritée à cet égard;
l'Arabie, le berceau de l'islamisme, ne fait point exception à cette règle, et l'on est littéralement stupéfait des
raffinéments qu'y a atteints la civilisation arabe, lorsqu'on lit les récits des rares voyageurs qui ont, dans
ces dernières années, pu pénétrer jusqu'à Médine et à
la Mecque, ou mieux lorsqu'on entre en relation avec
ces voyageurs mêmes. Une civilisation semblable est
certainement, malgré ses défauts, ses erreurs et ses
vices, un bienfait inappréciable pour les populations
africaines ou asiatiques qui, en l'embrassant montent
d'un ou de plusieurs degrés sur l'échelle des sociétés

humaines. C'est surtout en Afrique que cette civilisation a semé les progrès de tout genre : progrès matériels, au point de vue de l'habitation, de l'agriculture, de l'industrie, du commerce, du gouvernement; progrès intellectuels, au point de vue de l'instruction primaire et supérieure (l'université de Tinbouktou), progrès moraux bien plus frappants (suppression des sacrifices humains, de l'anthropophagie, de l'infanticide, de l'exécution des prisonniers de guerre, restriction de la polygamie, extirpation d'immoralités révoltantes que nous ne saurions nommer ici, relèvement du sort de la femme, adoucissement de la servitude, suppression de l'ivrognerie par l'interdiction absolue de l'usage des boissons alcooliques, suppression non moins absolue en Chine de l'usage de l'opium), progrès religieux, enfin qui se résument dans ces mots : guerre implacable au fétichisme et au polythéisme sous toutes les formes qu'ils peuvent revêtir.

Mais ces causes de succès, si évidentes, et qu'il nous aurait été facile d'exposer en détail si le temps ne nous pressait, ne sont pas, à notre avis, celles qui rendent compte de la propagation si rapide de l'islamisme dans les continents asiatique et africain, propagation parfois si prompte qu'elle ressemble à une véritable contagion. Le christianisme, auquel sont dus non seulement la plupart des mêmes progrès, mais d'autres plus grands encore, avance, comme nous l'avons vu, avec lenteur dans l'œuvre missionnaire, lorsqu'on le compare à l'islamisme. Il faut donc que le mahométisme possède, en tant que religion, des caractères particuliers, admirablement adaptés aux milieux nouveaux où il pénètre, et qui lui assurent une victoire décisive et durable sur les âmes à la conquête desquelles il marche si résolument.

***

Où trouverons-nous ces précieux caractères? Est-ce dans l'originalité de ses principes religieux? Sans doute l'enseignement du Coran est une nouveauté pour les populations païennes auxquelles il est annoncé; mais cet enseignement ne saurait prétendre à l'originalité. Mahomet n'a point, comme Jésus, proclamé un principe nouveau, une vérité inconnue avant lui; les points fondamentaux de sa doctrine se trouvent déjà dans le judaïsme et le christianisme contemporains de sa réforme et antérieurs à elle.

Est-ce à dire qu'il n'y ait rien que d'excellent dans la religion du Prophète, et que toutes les institutions qu'il patronne ou qu'il tolère soient dignes d'admiration? Encore moins. Le mahométisme est comme un corps robuste frappé de plusieurs plaies, guérissables peut-être, mais dont l'aspect n'est pas moins repoussant. Ces plaies, vous les avez nommées; ce sont, pour ne parler que des plus visibles, la polygamie et l'esclavage. Gardons-nous toutefois d'en exagérer l'importance, comme on le fait d'ordinaire dans les milieux chrétiens. Observons, en premier lieu, que ces institutions ne sont pas l'œuvre de la religion musulmane; Mahomet ne les a point supprimées, il n'a pas même tenté de les déraciner, mais il a porté de nombreux tempéraments aux maux qui en étaient issus, et la réforme, très insuffisante, qu'il y a apportée, a produit ses fruits. La polygamie n'est le fait que d'un nombre restreint d'individus; la majorité des musulmans est monogame. La femme jouit d'une liberté et de droits beaucoup plus étendus qu'on ne l'imagine : en Arabie, à la Mecque en particulier, ses droits ou plutôt ses privilèges sont tels qu'ils paraîtraient excessifs, si nous voulions les introduire dans notre législation. Quant à l'esclavage, c'est un fait établi qu'il ne saurait être comparé, dans les pays musulmans, à ce qu'il fut en Amérique, au temps de la traite; juger du sort des esclaves en Orient d'après les récits de Mme Beecher-Stowe, serait commettre l'erreur la plus grossière. En pays musulman, l'esclave est généralement traité avec douceur, le maître ne lui applique pas un régime d'exception, le fils de la maison et l'esclave sont mesurés de la même mesure. Personne n'ignore les tendances égalitaires de l'Orient

musulman : le nombre des esclaves affranchis (et, dans
certains centres, comme à la Mecque, tous ou presque
tous deviennent affranchis, souvent même dès l'âge de
vingt et un ans), le nombre des esclaves affranchis qui
parviennent à de hautes positions sociales, administra-
tives ou politiques, est très élevé. La pratique corrige
donc ce qu'a d'excessif la coutume traditionnelle; ce qui
n'empêche point que cette coutume ne soit déplorable
et qu'elle ne constitue un mal social.

**

A quelles causes attribuerons-nous donc les succès
de l'islamisme? Aux caractères fondamentaux de la
religion de Mahomet. Ces caractères, qui constituent à
la fois et la force et l'infériorité (en tant que religion)
du mahométisme sont, à notre avis, son rationalisme
et son formalisme.

Le mahométisme est une religion foncièrement ra-
tionaliste, dans le sens le plus large, au point de vue
étymologique et historique, que l'on puisse donner à
ce mot. A lui s'applique très exactement la définition
du rationalisme, comme un système qui fonde les
croyances religieuses sur des principes fournis par la
raison. Sans doute, Mahomet, qui était un enthousiaste
et qui possédait cette qualité si précieuse, qu'il a
transmise à tant de ses disciples, le feu sacré de la religion, l'ardeur de la foi et la flamme de la conviction,
a présenté sa réforme comme une révélation; mais
cette forme de révélation n'est qu'une méthode d'expo-
sition, et sa religion a tous les caractères d'un faisceau
de doctrines établies sur les données de la raison. La
profession de foi islamique se réduit, pour les fidèles,
à la croyance en l'unité de Dieu et en la mission de son
Prophète, et, pour nous, qui analysons froidement ses
principes, à la croyance en Dieu et à la vie future : ces
deux dogmes, minimum de la croyance religieuse, af-
firmations qui, pour l'homme religieux, peuvent être
étayées sur les données de la raison, sont toutes la
doctrine du Coran. La simplicité et la clarté de cet

enseignement sont certainement l'une des forces les plus évidentes de la religion et de la propagande musulmanes. Assurément, bien des doctrines, bien des systèmes, bien des théologies, et même bien des superstitions, depuis le culte des saints jusqu'à l'usage des chapelets et des amulettes, sont venus se greffer sur l'arbre religieux de la foi islamique ; rien de plus instructif à cet égard que de consulter le grand ouvrage d'Abou'l fath' Mohammed esch-Schahrastâni sur les partis religieux et les écoles philosophiques. Mais, malgré le riche développement, dans tous les sens, des enseignements du Prophète, le fond inaltérable du Coran n'en a pas moins été très solidement maintenu, et le dogme de l'unité divine y a été toujours proclamé avec une grandeur, une majesté, une inaltérable pureté et un accent de conviction qu'il est difficile de trouver à un degré supérieur en dehors de l'islamisme. Cette fidélité au dogme fondamental de la religion, la simplicité élémentaire de la formule qui l'énonce, l'évidence que cette formule acquiert par la conviction des missionnaires qui la répandent, sont autant de causes qui peuvent nous expliquer le succès de la propagande musulmane. Une croyance aussi précise, aussi dépouillée des complications de la théologie, partant aussi accessible aux intelligences, doit avoir et a une singulière force de pénétration dans les consciences.

Mais, par rationalisme, nous n'entendons pas seulement une croyance religieuse fondée sur la raison, nous comprenons aussi une religion essentiellement intellectualiste; c'est ce qu'est aussi la religion mahométane, et nous constatons ici son évidente infériorité à la religion chrétienne. La religion de Jésus, dans l'Évangile, est pénétrée d'un amour, d'une ardeur et d'une profondeur indéfinissables : Dieu représenté comme l'amour même, les rapports entre l'homme pécheur et Dieu qui pardonne comme les relations intimes et toutes d'affection de l'enfant avec son père; Jésus, qui nous apprend à aimer Dieu, nous apparaissant comme l'être aimant par excellence, voilà, n'est-il pas vrai, le caractère dominant de la religion évangélique? Je sais que, plus tard, on a singulièrement dévié de cet enseignement si simple et d'une sublime pureté et qu'aujourd'hui encore les chrétiens s'en éloignent souvent; mais ces déviations ne sauraient porter atteinte au caractère même de la religion de Jésus, qui s'adresse avant tout au cœur de l'homme. Ouvrons le Coran, analysons la religion authentique de Mahomet : le caractère fondamental de la religion du Christ n'en est point absent, mais ce n'est pas sur l'amour de Dieu que l'accent est placé. La grandeur écrasante de l'être unique, l'être de raison, est l'idée qui nous frappe et nous poursuit depuis la première jusqu'à la dernière page du Coran. On sent que le réformateur arabe a dû implanter le monothéisme où il n'existait pas, ou, pour parler d'une manière plus conforme aux faits, où il existait à peine. En lisant l'Évangile, on sent qu'il a été prêché dans un milieu, pour une société qui croyait en Dieu et en un seul Dieu. Une étape religieuse entière sépare l'islamisme du christianisme : le point de départ du christianisme a été le point d'arrivée de l'islamisme. Jésus n'a pas été obligé de démontrer l'unité de Dieu; Mahomet a dû concentrer toutes ses forces, toutes ses inspirations sur cette démonstration.

Cette différence essentielle dans la tâche à accomplir, qui nous explique le rôle historique de chacune des deux religions est le fait qui donne une apparence de vérité à cette thèse soutenue par quelques chrétiens, à savoir que l'islamisme, dans les pays où il pénètre actuellement, n'est que le précurseur du christianisme. Nous le souhaiterions si nous étions convaincu de la valeur de la thèse. La part de vérité qu'elle renferme revient à cette affirmation qu'une religion qui ne s'adresse qu'à la raison ne suffit point à nourrir le sentiment religieux, qui vit essentiellement de l'amour du divin. L'islamisme confirme lui-même cette assertion par le développement que le mysticisme y a reçu dans plusieurs de ses sectes et chez plusieurs de ses philosophes et littérateurs.

Le mahométisme, et c'est là son second caractère essentiel, est une religion formaliste : c'est un rationalisme formaliste. Le dogme n'y est pas étouffé par le rite, comme dans la religion des Chinois, mais le rite y est la manifestation sans cesse réitérée du dogme. La religion du musulman comprend la pratique des cinq devoirs canoniques. Ces devoirs sont : l'ablution, la quintuple prière quotidienne, le jeûne, l'aumône, c'est-à-dire l'impôt payé à l'autorité civile en vertu du caractère religieux qu'elle revêt, et le pèlerinage à la Mecque. Ces cinq devoirs qui, avec la profession de foi, sont toute la religion du musulman, mettent en évidence le rôle qu'y jouent les formes religieuses. Ce formalisme est surtout apparent dans l'ablution, la prière, le jeûne et le pèlerinage. Nous voudrions, si le temps le permettait, vous décrire en détail la pratique de la prière, qui réclame tout un apprentissage, et celle, plus caractéristique encore, de la visite aux saints lieux, à Médine et à la Mecque. Rien de fastidieux comme le rituel du pèlerinage ; on peut s'en convaincre en lisant la description minutieuse qu'en a faite le capitaine Burton, qui l'a lui-même pratiqué, ou, pour les personnes qui connaissent l'arabe, celle non moins exacte qu'en a écrite l'officier d'état-major égyptien Sâdik-Bey, qui a accompli le pèlerinage en 1880. Ce formalisme extrême, qui caractérise l'islamisme, est en partie le secret de la force qu'il possède. Toutes les religions ritualistes tirent de leur ritualisme même d'étonnantes ressources qui leur assurent un ascendant puissant et durable sur les individus et les nations qu'elles ont ainsi enchaînés et rivés à leurs destinées ; l'histoire religieuse ancienne et moderne fournit trop de preuves de cette affirmation pour qu'il soit nécessaire d'insister.

Mais, d'autre part, il est non moins évident que le formalisme, en religion, porte atteinte au spiritualisme, et qu'une religion, dont le formalisme est l'un des caractères essentiels, est de toute nécessité inférieure à une religion qui a pour caractère fondamental le spiritualisme. Ce dernier cas est celui de la religion de Jésus, qui est essentiellement la religion de l'esprit. Ici encore, nous constatons l'infériorité de l'islamisme au christianisme de l'Évangile, et nous pouvons d'ores et déjà en tirer la conclusion que le christianisme affirmera d'autant mieux sa supériorité sur le mahométisme qu'il demeurera plus fidèle à l'enseignement de Jésus.

Avons-nous épuisé les causes qui peuvent expliquer les succès de la propagande islamique? Certainement non ; il en est d'autres, moins apparentes, et qui contribuent à les assurer, par exemple la langue même du Coran, cette langue qui pénètre partout où pénètre le musulman, langue d'une indéfinissable harmonie qui exerce je ne sais quel charme puissant et étrange, au point que, dans l'Ouest africain, il n'est pas rare de voir des nègres sachant par cœur, non seulement des fragments du livre sacré, mais des pages entières des grands poètes de l'islam ! Nous qui dédaignons si souvent l'étude des langues sacrées de notre religion, nous sommes mal placés pour juger de la force que prête à l'idée religieuse la langue dans laquelle elle est exprimée, et cependant le fait est là, nous prouvant jusqu'à l'évidence qu'il n'est point indifférent à la religion qui prêche l'unité de Dieu d'affirmer partout cette unité divine dans une seule et même langue, preuve matérielle et visible de l'unité de l'absolu et de l'invisible.

**

Quelles conclusions tirer de ces considérations sur le christianisme et l'avenir de la propagande chrétienne?

Le fait qui s'impose, après l'examen comparatif auquel nous venons de nous livrer, c'est l'inégalité de la lutte entre le christianisme et l'islamisme. L'islamisme dispose de moyens puissants qui ne sont pas à la portée du christianisme; oriental d'origine, de fait, de caractère et d'esprit, comment, par cela seul, n'aurait-il pas un avantage marqué sur le christianisme, dans ces immenses régions qui se rattachent, de différentes manières, à la civilisation, aux mœurs et aux idées de l'Orient? L'islamisme emploie certains moyens de propagande qui répugnent aux missionnaires chrétiens; il en est d'autres auxquels il recourt et que le christianisme repousse au nom des principe de l'Evangile. A ce point de vue, l'inégalité que nous signalons est tout à l'honneur de la religion chrétienne; elle n'en est pas moins un fait déplorable, d'autant plus regrettable que les recrues faites par l'islamisme deviennent de fermes défenseurs de l'islam, qu'il est bien rare de voir s'en détacher.

Ce n'est point une raison de se décourager dans le devoir de la mission; l'inégalité de la lutte n'a jamais été la certitude de la défaite. Loin de se relâcher, à la vue de l'activité prodigieuse déployée par la propagande musulmane, le christianisme, en rivalisant d'ardeur avec elle, s'efforcera de l'imiter dans ce qu'elle a d'excellent, dans l'espoir de l'y dépasser un jour. Cette excellence éclate dans l'étroite union, au point de vue religieux, de toutes les branches de la propagande musulmane. Est-il possible d'en dire autant du christianisme! Ah! que ne pouvons-nous oublier ici, non seulement la rivalité des missions catholiques et protestantes, mais celle même des sociétés protestantes de missions, se faisant concurrence dans les mêmes champs d'activité, ou, sans lutter entre elles, étalant dans les mêmes pays et les mêmes lieux l'écœurant spectacle des divisions du christianisme! Que le christianisme soit partout ce qu'il est en réalité, un esprit et une vie: l'union intime et profonde, qui résultera de cette restauration du christianisme dans sa vérité évangélique, entre les fractions multiples de la chrétienté, aura pour action immédiate de lui donner une force nouvelle d'expansion, force perdue depuis les premiers siècles de son établissement.

Que les peuples qui se disent chrétiens soutiennent aussi par leur politique générale la religion chrétienne propagée par leurs missionnaires Qu'en cela, la chrétienté imite l'islam, qui ne connaît pas ce dualisme dont l'observateur le plus superficiel est frappé, lorsqu'il voit, d'une part, ce que font les missions, d'autre part, ce que font les gouvernements ou les ressortissants des nations chrétiennes. Aucune disparate comparable n'apparaît chez les peuples musulmans. L'un des moyens les plus efficaces qui ont servi à maintenir dans certains pays, et dans d'autres, à propager l'islamisme, a été l'interdiction absolue, par son autorité, des boissons alcooliques; et ce qui a fait sa force, à ce point de vue, c'est que la défense prononcée au nom du Coran était observée par les représentants de l'islamisme! Peut-on en dire autant des chrétiens? Quel énervement pour la doctrine et la foi chrétiennes que l'importation et le commerce des spiritueux, entretenant ou créant le fléau de l'alcoolisme, condamné par la morale chrétienne et le missionnaire chrétien, et contre lequel s'efforcent de lutter avec tant de peine les sociétés de l'Europe chrétienne! Ah! si nous ne propageons qu'imparfaitement les meilleures de nos convictions, gardons-nous donc de transplanter nos vices! *Maxima debetur puero reverentia*, dit le philosophe païen. Respectons les peuples qui nous sont inférieurs, ou que nous estimons être au-dessous de notre niveau intellectuel.

Puisons enfin, et cette dernière conclusion s'applique plus particulièrement à nous, témoins sympathiques, mais bien éloignés des luttes que soutiennent nos missionnaires, puisons dans le spectacle du conflit que nous avons signalé, entre la propagande chrétienne et la propagande islamique, une conception et des idées plus larges en matière de religion. Ne nous hâtons pas de jeter l'anathème aux religions qui ne sont pas la nôtre; reconnaissons leurs vérités et leur grandeur, quoi qu'il puisse en coûter à notre orgueil chrétien; assimilons-nous ce qu'elles peuvent avoir d'excellent et qui peut nous manquer, et reconnaissons-leur un rôle voulu par Dieu même dans l'éducation de l'humanité. Jamais, non jamais, nos idées religieuses ne sauraient être trop larges; plus notre religion s'épure et se rapproche de l'idéal, plus nous nous sentons en communion avec tous les hommes de bonne volonté, qui, par des voies différentes, tendent au même but que nous, plus nous avons le sentiment que se réalisera la grande promesse divine que l'apôtre fait briller à nos yeux, ce jour où Dieu sera tout en tous. Pour moi, vous l'avouerai-je, je ne connais pas de joie religieuse supérieure à celle que j'éprouve, en rencontrant, en dehors du christianisme, des hommes de bonne volonté, comme Jésus les appelait, professant des doctrines ou affirmant des espérances, qui sont mes doctrines et mes espérances chrétiennes. Dieu ne s'est pas laissé sans témoignage, à aucune époque, chez aucun peuple, et c'est un devoir sacré pour nous de réunir ces témoignages en une masse puissante, qui deviendra la pierre angulaire du temple unique qu'un jour l'humanité entière dressera à son Dieu et à son souverain créateur !

Paris. — Imprimerie Nouvelle (association ouvrière), 11, rue Cadet. — R. Barré, directeur. — 1375-90

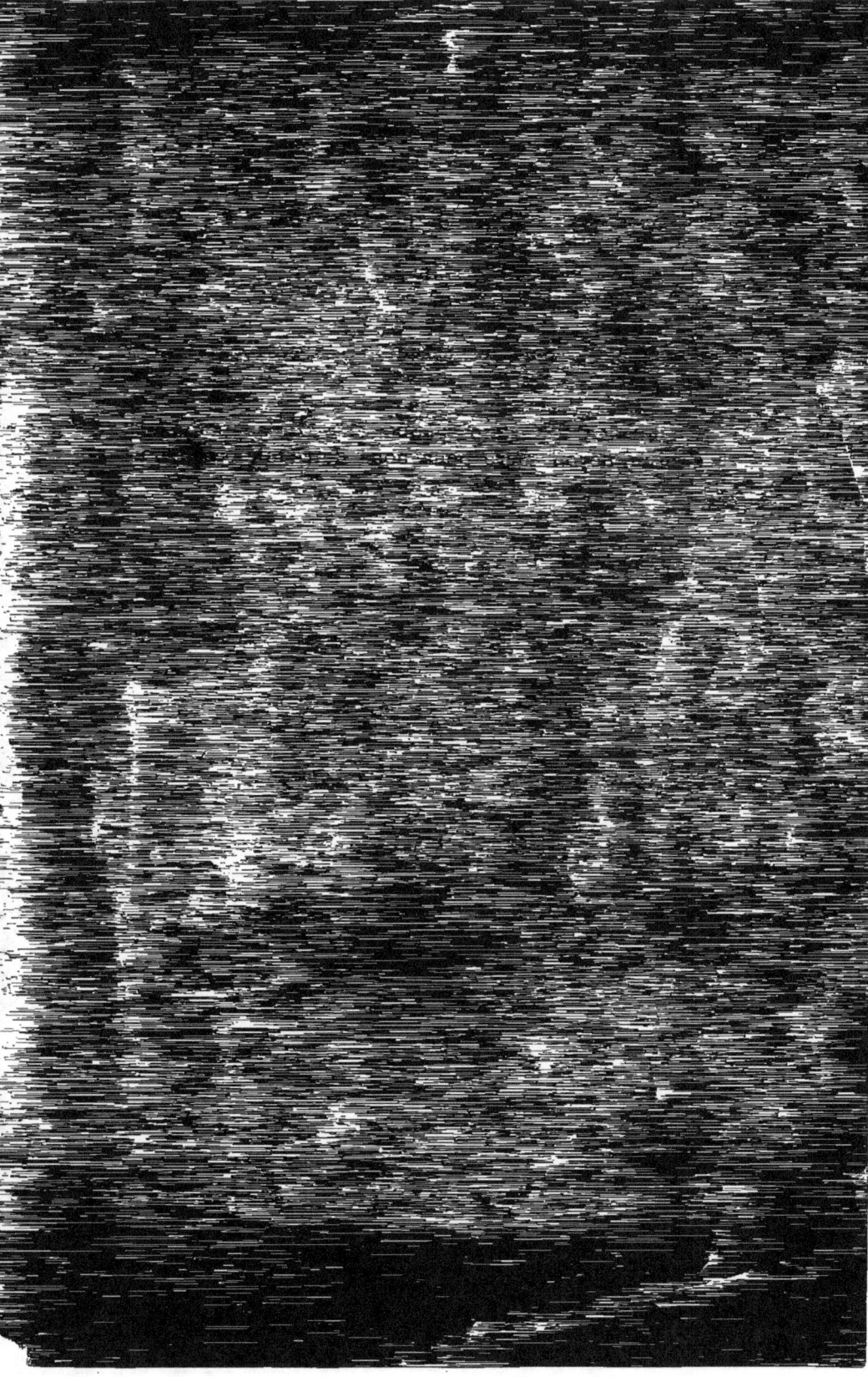

CONTINUUS LABOR VITA

FIAT LVX

IMPRIMERIE NOUVELLE
ASSOCIATION OUVRIÈRE

www.ingramcontent.com/pod-product-compliance
Lightning Source LLC
Chambersburg PA
CBHW061632180626
46818CB00005B/2345